KB083085

바람무지개

The wind swing

소금북 시인선 · 07

바람무지개

The wind swing

안혜영 시집

소금북
sogeumbook

▌안혜영

- 시조 시인 & 서예 작가.
- 원광대학교 서예과 졸업.
- 건국대학교 평생교육원 한자 지도사 자격 이수.
- 강원서예대전 초대작가.
- 2016년 격월간 《문학광장》 신인문학상 시조 등단.
- 2019년 대한민국 무궁화 미술대전 서예 대상 수상(대구광역시장상)
- 현재 (paris)앙데팡당 회원, 한국미협, 춘천미협 회원.
- 저서로 〈오솔길 따라서 온 풀꽃 향기〉 있음.
- 공저로 〈한국문학대표시선집 5 · 6 · 7〉 〈호반의 노래 의암십경(한시)〉 〈청평 팔영의 시와 이야기(한시)〉가 있음.

- 전자주소 : ahy9647@gmail.com

• Prologue

결혼 후 시댁에서 합가한 지
2년 남짓 되어가면서…
부족함 없지 않은,
저의 두 번째 시집을 출간 할 수 있음에
달란트를 주신 하나님께 감사드립니다.

두 번째 시집
《바람 무지개—The wind swing》을
출간하게 되어 기쁨이자 감사입니다.
제목 『바람 무지개』의 의미는?
바람 : 바램, 소망을 바람이 부는 바람 날개에 실어
무지개 : 희망, 고진감래苦盡甘來의 의미입니다.
삶의 소망을 바람에 실어 보내어
무지개(희망)가 되는 의미를 제목에 담습니다.
바람 무지개—The wind swing
'바람에도 날개가 있다' 의 부제입니다.

그동안, 1년 가까이 남짓, 둘째 시환이 출생 이후…
작품으로 재기하리라는 의미를 담습니다.
시환이 육아하면서 틈틈이 해온 작품입니다.
몇 편의 작품 시(성시, 시조, 한시)와 글 등을
소신으로 엮어봅니다.

출간을 앞두고
아들 시환이에게 줄 수 있는 선물이 있음에
기쁨입니다.
제가 글을 쓸 수 있도록,
매니저 역할을 하는
신랑에게 감사하고,
소현, 시환이,
부모님과 시부모님께 감사드립니다.

저의 부족함 없지 않은 시와 글을 엮어
시집 출간에 도움을 주신 시와소금에도 감사드립니다.
그리고, 모든 독자께 감사드립니다.

2020. 6. 20.

푸르른 날에 안혜영

| 차례 |

| Prologue

제1부 별이 된 매화

제2부 바람 무지개

제3부 연어처럼

제4부 바람의 언덕

제 1 부
별이 된 매화

꽃샘추위

꽃샘추위 누구를 시샘하는가?

개구리도 눈 속에서 놀라네

봄바람은 나무 끝에 부니

겨울은 숙연해져 돌아가네.

星化梅花 (별이 된 매화)

밝은 달이
꽃송이를 흔드니
은은한 향기가
스스로 그윽하네
매화가 한밤중에 피니
나뭇가지에
별들이 짝을 이루네.

素月搖花朶隱香
(소월요화타은향)
自己幽寒梅開夜
(자기유한매개야)
半枝上星爲逑
(반지상성위구)

태극기

삼일절
푸른 하늘 바람에
휘날리며

지나온 선친들의
만세 소리에
물결을 이룬 바다

*乾,坤,坎,離
(건곤감리)
태극의 심오한 기운

음양의 조화 이룬
자랑스런 영광
대한민국의 얼굴

* 乾坤坎離(건곤감리) : 하늘, 땅, 물, 불의 상징 태극의 중심으로 통일의 조화를 이른다.

벌들의 비행

벌들은 꽃을 향하여
날아간다

꽃은 태양을 향하여
피어난다

태양은 땅을 향하여
비춘다

땅은 씨앗을 품고
새싹을 움튼다

씨앗 속 새싹은
꽃이 된다

꽃 위의 벌들은
앉아서 꿀을 딴다

꿀을 담아 온

사람들은

꿀차를 마신다.

춘천 공지천 풍경

눈부신 햇살에 유유히
흘러가는 공지천은
손 흔들며
오리배를 비추네
길 위에 사람들은
환호성하며
자전거 타며 달리고
돗자리 펴고 뛰어노는
아이들의 모습은
천진난만하네.

의암호 유리다리를 밟으며(衣巖湖 踏琉璃橋)

산안개 걷혀 푸른 산빛
드리우는데,
유리다리 밟자 한 마리의
갈매기가 된 듯,
가을 햇살 구름 속에서
발밑을 비추고,
조각배 유유자적 떠가네.

江煙一掃青山垂
(강연일소청산수)
一步琉璃若白鷗
(일보유리약백구)
秋晛雲間照足下
(추현운간조족하)
片舟自適浮悠悠
(편주자적부유유)

지구는 둥그니깐

우주에
무한대 빛나는 섬 하나

푸른 빛 에메랄드 별

여행 온 나그네들의 숙소
슈페리움*으로
안식처를 떠나는 유목민들
하루살이처럼
지구별 여행자인 나그네

둥글게 둥글게
지구별이 둥글기에
둥근 마음으로

지구는 둥그니깐

* 슈페리움 : 안식처 공간 (카렌시아와 유사한 의미)

모빌

돌아간다
돌아간다
빙빙 돌아간다

세상이 돌아가는가
내가 돌아가는가
눈이 빙빙
인형이 빙빙

같은 자리에서
맴맴
아기 눈동자도
빙글
아기는 함박미소로
방긋

봄소식

똑똑똑!
누구세요?
땅속을 두드리니
아지랑이 발자국 소리가 들려오네

봄 햇살에 반가워
동면하던 개구리들이 깨어나고
개미들이 땅속에서 올라와
빼꼼이 갸웃거리네

얼었던 땅은
아지랑이에 잠을 깨워
솔바람에 봄향기를 실어간다네

온화한 미소로 맞이하는
꽃씨 안에 새싹들이
쑥쑥 키재기를 하네

발그레한 꽃망울은

햇살과 마주 인사하며

봄소식 전하는 이들의 표정은

새록새록 하네.

春望(춘망)

— 희망의 봄

봄볕 아지랑이가

빈 뜰에서 일어나고

어린 새싹들이 움터나네

푸른 하늘에는 구름 한 점 없으니

내 마음도 호수처럼 열리네.

눈물에 대한 단상

눈물을 흘리면 지는 거라고?
반론하면서…

흘릴 수 있는
눈물이 있음에 감사하자.

메마른 이 땅과 마음에
흘릴 수 있는 눈물은 단비가 아니던가!

비 오는 날

비 오는 날
청소를 한다
눅눅한 나무 책상 위
묵은 먼지들이
말갛게 사그라진다

창문 너머 빗소리는
타닥타닥
창문을 두드리면서
보내는 함뿍 미소에
쌓였던 책들 사이에서
사유에 잠긴다.

봄비 오는 날

개미들이 줄지어
집을 향하여 가니
봄비가 오려는지
잿빛 하늘이네
참새 한 마리가
먼 산으로 날아가니
빗방울 하나둘씩 떨어지네.

소양정(昭陽亭)에 앉아서

봉의산 기슭에
소나무 정자 하나 있어
시인은 시 지으려고
정좌하고 있네
시 상은 머리에서 맴돌고
말은 나오지 않는데
매미 소리는 목 메이게
가을 뜨락을 채우네

鳳儀山麓有松亭
(봉의산록유송정)
騷客欲吟靜坐瞑
(소객욕음정좌명)
詩想回頭不可說
(시상회두불가설)
蟬聲哽哽滿秋庭
(선성경경만추정)

노지 딸기

길 위에 친구
집 앞 작은 텃밭에
곰보 얼굴에
깨알 주근깨
시아버지께서 심으신 선물

울퉁불퉁 자연의 미
곰보빵 노지 딸기는
산딸기 같네

달큰달큰
까칠함 속에
유유한 노지 딸기

꽃집에서

꽃집에 들어서니
맞이한 꽃들의 향연
반짝짝 LED 양초

화려한 색동옷 입은
벽에 걸린
프리저브드 꽃다발들이
손 흔든다

작은 유리돔 안에
붉은 장미꽃 한 송이는
미소를 머금으며
나를 반긴다

나에게 소소한
꽃 선물을 한다.

비움과 채움으로

한가득 받은 은혜
복주머니를 열어
은혜 향기 세상에
보내리니….

農謠(농요)

—농사 노래

늦추위 지나고 완연한

봄이 오니

마늘 돌보며

거름 주고, 물도 흠뻑 뿌리시네

땀 흘리는 시아버지

바람 불어

한가히 바람 불어오는 것

반기시네.

어린이날

축복 속
아이들의 환호성

신록 사이로
한 줄기 희망의 빛이
새싹들의 마음에
씨앗이 된다

산과 바다
넓은 들판을 뛰놀며
자연을 품는다

세상이 밝아지는
아이들의 웃음소리
대한민국의 동량지재*이다.

* 棟梁之材(동량지재) : 나라, 집안을 떠받들어 이끌어 갈 젊은이(인재)를 비유한 한자성어.

새날

하나님께서 열어 주신
은혜의 선물
오늘 하루

시간을 넘어서
새벽을 깨운다

고요히 기도하는 시간
스스럼없이
마음이 소생하여
일어난다

생수 같은 성경 말씀으로
사슴 발처럼
가벼운 발걸음
하나님께서 주신
새 깃털처럼
평안한 마음

보람된 하루를
기도 열어가며
기도로 오늘을 닫는
주님의 은혜 안에서
복 있는 오늘을….

마카롱과 장미

마카롱은
미소 머금은
장미꽃

마쉬멜로우는
구름 솜사탕

단꿈 품은 마카롱 안에
웃음꽃 피는
장미 한 송이 보내리니

제 2 부
바람 무지개

오뚝이

딸각딸각
눕히면서 벌떡
또 눕히면 벌떡
일어나는
칠전팔기
오뚝이처럼

바람 무지개

바람이 말을 거네
어디로 갈 거냐면서
바람에도 날개가 있다
어디까지 실어다 줄까? 하면서

바람에도 색이 있다면,
어떤 색으로 채색했을까?!
높은 하늘에 뜬 채운이 빛난다

내 마음도 무지개처럼
언제나 고운 빛 되길!

걸음마다
내딛는 발자국
꽃길 되고
수 놓는 꽃밭처럼
기도하는 복 된 손길!

護國先烈忠魂之德(호국선열충혼지덕)

— 호국 선열 충혼 지덕을 기리며

승전가 울려 퍼지는 우두산 봉우리

호국의 충혼들은 변함이 없네

높은 탑 하늘 향해

의기를 드높이니

자손만대 밝은 횃불 받들리.

頌歌勝戰牛頭峰

(송가승전우두봉)

護國忠魂若雪松

(호국충혼약설송)

高塔向天隆義氣

(고탑향천융의기)

子孫萬代奉明烽

(자손만대봉명봉)

일상에서

실로폰 멜로디 소리
아침을 알리는
스마트 폰 알람 소리

뻐국뻐국
청아한 뻐구기 울음 소리

치익치익 밥 짓는
밥솥의 김 빠지는 소리

탁 타다닥
시아버님께서
나무 땔감 불 때시는
나무 타는 소리

빙글빙글 세탁기
돌아가는 소리

째각 째각
시계 바늘 침 소리

치이익 치이익 후라이팬에
계란후라이 익어가는 소리

일상 속
정다운 소리

퍼즐 인생

인생은 흩어진 퍼즐 조각들이다

하나의 완성 된 작품을 위한
조각들을 맞추는 모험

한 조각 한 조각
흩어진 이야기들을 이어붙인다

조각마다 담긴 오늘의 삶 이야기
완성된 멋진
퍼즐 인생 작품을 위하여

오늘도 반쪽 퍼즐 조각을 들고서
어제의 반추
거울을 보며
미로 같은 실타래의 인생길을
한 올 한 올 풀어나간다

걷고 또 걸어온 길을

한 잔의 축배에 담아 들면서

오늘의 퍼즐 이야기를 맞추어간다.

시골 향기

아궁이 장작 나무
불 때는 연기 내음

갈아 둔 밭에 거름 내음

비 온 후
풀꽃향기 내음은

시골 향기

오른손과 왼손

왼손 모르게
오른손이 선행을 했다.

물어본다
왼손이 오른손에게

어떤 선행을 했니?

왼손 너 모르게
기부를 했는데
어떻게 알았니?
오른손이 왼손에게 물었다.

나도 네가는 곳마다
네 옆에 있었지… 하고,
왼손이 말했다.

무궁화

백의민족

겨레의 꽃

무궁화

5월의 찌는 듯한

무더위를 이기고

활짝 피어난

당당한 기세는

광복을 맞이한

샤론의 꽃!

우리 겨레의

기쁨이라네.

강냉이와 팝콘

옥수수로
다른 맛과 표정
팝콘은
도시의 아이돌
강냉이는
시골의
억척스러운 여유

빵 굽는 시인

째각째각
"땡!"
하며 멈추는
오븐 타이머

식빵 굽는 향으로
종이에 밴 가득 찬 열기

시인이 구워낸
일용한 양식
삶을 소망으로
비워내는 그릇

성장통

아이는 어른이 되고,

어른은 아이가 된다.

아침 斷想 (단상)

어둠을 딛은
찬란한 일출

오늘이라는 백지에
선물이라는 아침을

맑은 새벽 공기는
온 만물을 새롭게 호흡하여

신선한 바람은
마음을 채우네

무엇을 쓰고 그려갈까?
한 걸음씩
새로 쓰는 플래너 안에
이야기들이 꿈틀거리며
일어난다

다람쥐 쳇바퀴 같은 오늘이 아닌

어제와 내일에도 없는

꿈에 한 발자국 가까운 일상

그려가는 아침 斷想(단상)

비둘기

퍼덕이는
잿빛 날개
푸른 창공에
동그라미 그리며
구구구구

두리번 두리번
주변을 살피어 보다가
다시 또 한 번의 날개짓

지구의 평화 수호대
비둘기가 비상하네.

강릉 강문 해변에서

파도 밀물에
희망이 차오르고
썰물에 想念(상념)들을
멀리 떠나 보내네
흰 갈매기 푸른 하늘
높이 날아오르고
바다 수평선을 보니
호연지기*로 가득 차네.

* 浩然之氣(호연지기) : 사람 마음에 차 있는 넓고 큰 바른 기운.

고구마

— 고구마의 변신

생고구마가 찐고구마로

찐고구마가 군고구마로

군고구마가 고구마라떼로

고구마라떼가

고구마아이스크림으로

고구마아이스크림이

고구마 스프로…

팔방미인 고구마!

춘천 봉의산 가을 정경

바스락 낙엽이
뒹구르르
산길에
발자국을 남기며

바위 하나하나
반가운 인사에
소나무 가지들이
바람에 춤을 추네

나무 사이로
빛나는 빛줄기는
눈이 부시고

봉의산 정상에서
푸른 하늘 사이
햇빛은 언제나
맑음이네.

소양댐 방류를 보며

맑은 소양 호수
장맛비에 넘치어
소양댐 방류하니
카메라 셔터에
쏟아지는 은하수 폭포는
웅장한 작품이네.

제 3 부

연어처럼

기적의 아침

태양은 언제나
늘 그 자리에

새날을 열어가는
오늘의 삶은 똑같지 않다

어제와 같은 삶인가?

작은 생활 변화에
기적의 아침이
시작된다.

연어처럼

거친 물길 헤치고
폭포를 거슬러 오르는
연어처럼

다시
고향 민물로
회귀한다는
연어처럼

깊은 강은 소리 없이 흐른다지!

고여있는 물은
 쉽게 썩기 마련

태동하는
봄의 땅처럼
아지랑이가
봄볕을 간질인다

연어처럼

파도처럼

일어나자!

중도 뱃터에서의 사유

작은섬의 구신석기
유물들만이 반기고
현대 중도에는 관광객들로
뱃터에서 줄 서네
레고 랜드 들어선다니
춘천 경제 살아나는
반가운 소식일세.

가을 하늘

구름 한 점 없는
하늘 지평선이
산봉우리에 닿아
경계선을 알 수가 없네

손 길게 뻗어
붉은 태양
가슴에 담아
맑은 하늘 비추네

신록을 더한 하늘
구름 한 점 어디에 있을까?
투명한 지평선뿐

파란 물감 풀어 놓은
하늘 바다 수평선
먼 산자락에 내려앉아
산새들의 둥지 되었네.

호미와 밭

호미로 부추밭을 맨다
시어머님께서 김매시던 부추밭
우후죽순으로 부추밭에 올라온 풀들

나 역시 호미로 흙을 "콕" "콕" "콕" 캐며
이름도 없고
꽃도 없는 (일명 : 잡초)를 뽑아 분리한다.

나의 일상을 反芻*(반추)해 보면서
부추처럼 알곡인가?! 반문하면서…

* 反芻(반추) : 회상하여 돌아보아 생각하다.

개천절

— 가나다라마 14행 자작시

가을 하늘 유난히 높은날

나래를 쭈욱 펴고 하늘을 보자

다 함께 애국가를 부르며

라랄라랄랄라 신나게 달려보자

마이산부터 백두산, 한라산까지

바람이 닿는 땅끝마을까지

사랑과 웃음이 있는 고향으로

아침햇살 가득하여 산안개도 걷히고 나면

자장자장 하던 아기도 깨어나

차고 넘치는 부유한 공간이 한국에 카렌시아* 문화예술 곳곳에 풍성하네

타국에서도 작은 한국을 칭송하고

파란 하늘에 개천절 하늘이 열였으니

하나님께 감사하며 꿈 나래를 펼쳐보자.

* 카렌시아 : (스페인어:carencia) 현대의 개인만의 취미. 여가 휴식 공간으로의 의미로도 쓰인다.

떡볶이의 단상

분식의 감초이자 명물
빨간 고추장 떡볶이
간장 떡볶이는
일명 궁중 떡볶이
손이 가요 손이 가는
화수분 떡볶이는
매력 덩어리

작약
— 저녁노을 꽃

아침, 저녁으로
피었다 지는
저녁노을 꽃

분홍 꽃잎마다
사뿐사뿐
흰나비들의 춤사위에

꿀벌들은
꽃잎 위에
사뿐 앉는다

아침에 방긋
저녁에 꿈을 꾸는
노을 꽃
하루 여정에
작약은 나그네인가!

흙

고향 어머니 마음과 같은
생명이 탄생하는 고운 샘터

흙내음에 깊이 뿌리 박힌
알타리를 뽑으니 올해도 풍년이다

식물을 낳고
다시 돌아가네, 흙으로
흙은 돌고 돌아
오늘의 식탁은 풍요롭다

모든 것을 안고
주고 또 품고
흙은 베풀고 수용하니
만인의 군자

흙에 뿌리고 자라고
다시 흙으로 돌아가는

자연의 순리

모든 만물을 지탱하는 흙은
오늘도 새롭다.

춘천 봉의산 등정

한 계단 오르니
파란 하늘 손에 잡히고
두 계단 오르니
넓은 소양강 호수가
펼쳐지고
세 계단 오르니
소나무가 반기고
네 계단 오르니
바위마다 인사하네
다섯 계단 오르니
산 정상에 닿았네.

가을걷이

트렉터 사이로 볏짚들이
도르르 말리니
한 덩이 둥근 말이가 된
볏짚들
모내기하던 봄부터
추수하는 가을까지
긴 시간을 지나
하나의 열매 되기까지
흘리던 농부의 땀방울에
풍요로운 가을걷이라네.

黃菊茶香滿秋(황국다향만추)

— 국화차 향기 가득한 가을

가을 향기 담긴

국화 잎 새에

꽃잎 차 한 송이

국화차에

그리고

시 한 수 읊다.

커피 한 잔의 여유

향기 가득한 이야기를
커피잔에 따른다
사람들의 마음을
이어주는 커피 매듭
정다운 웃음꽃이
모락모락 피어난다.

한글의 우수성

— 가나다라 14행 시

가을 하늘 같은 한글날에
나랏말씀이 듕귁에 달아 문자와를 서로 사맛디 아니할 쎄
다른나라 못지않은 우수한 한국의 한글 뿌리는
라디오에서 흘러나오는 랩송 음악과도 같네
마음이 고운 우리나라 한글이라네
바람불어 좋은날에 우리나라 한글로 시 한 수 지어보세
사람과 사람 사이를 이어주는 매듭 언어 한글이라네
아름다운 마음들이 모여서
자랑스런 태극기 앞에 서서 애국가를 부르네
차이라면 한 끗 차이 "ㅏ, ㅑ, ㅓ, ㅕ" 모음, 자음의 차이!
카메라로 한글 서예 작품을 촬영하면
타국 사람들의 이목을 끄네
파란만장한 인생이야기들로 가득한 한국 한글시 작품을
하염없이 자랑해도 좋을 우리나라 대한민국의 얼굴!

말 한마디의 사유

너를 통해 나를 본다
서로는 거울이다

뼈가 있어 힘이 될 수도
날이 있어 비수가 될 수도
삶의 희망이 될 수 있는

나무 한 그루의 열매.

빨간 고추 따기

쨍쨍한 볕 아래
비 오듯 한 땀방울
뒤로 한 채
바구니에 한가득
발그레한 얼굴들
빼꼼 드리우니
미소 가득한 나

고추잠자리 한 마리는
하늘을 돌며
고추 먹고 맴맴
빙그르르
동그라미 그리며
어질어질

작품

삶이 시가 되고
시가 삶이 되는

노래가 시가 되고
시가 노래가 되는

인생은 작품이다.

담쟁이 넝쿨

벽에 기대어
올라간다

하나의 새 생명
선물했던
새 희망
마지막 잎새

서로 줄기에
얽히어
작은 잎새나다
사랑
소망
희망 담아
높게 뻗은 줄기

한 소녀의 생명을
살려낸

담쟁이 넝쿨

마지막 잎새처럼

유리창 닦기

유리창은 거울이다
말갛게 뿌옇게
변신하는 변덕쟁이 유리창

유리창 닦기는
마음공부

펼쳐 둔 책상 위에 책들처럼
유리창에도 그대로
써있는
내 마음의 거울

분사된 거품 사이로
반짝이는 유리창
쓰윽 쓰윽
주루룩
흘리는 눈물에 드리운
투명한 얼굴
유리 창문은 우리집 거울

수정과

예부터 백시성호라고 칭하던 수정과
우리나라 전통 음료라네
명절마다 올라오는 식혜와 수정과
그중에 수정과가 으뜸이 아니런가!
생강 끓인 물에 통계피 우려내어
흑설탕에 곶감 두둥실
깊어가는 가을 담은 색인지
고운 빛에 감탄하네
잣 고명 올린 시원한 한국 전통음료
수정과!
달콤 쌉쌀 시원한 맑은 수정과
한 모금에 말끔한 어울림 향연
나비가 앉았었는가? 꿀벌이 왔었는가?

돌 축시

— 시환이에게

반짝이는 네 눈동자
해맑은 네 미소는
밤하늘 쏟아지는 미리내 같네

하늘에서 별들이 내려왔는가
어떤 별에서 왔니?
네 두 눈에서 희망의 별빛이 반짝이네

네 무언의 몸짓 하나하나
작은 울음 섞인 배냇짓에
온 가족 웃음 가득 미소가 절로 흐르네

주님의 기쁨으로
내딛는 발자국 하나 하나
복 된 걸음마다 꽃길 되길

야무진 네 손길 닿는 곳마다
주님 축복의 통로 되어

기도하는 두 손 되길

— 아들 시환이 첫 번째 생일을 축하하면서.

보물섬 독도

유구한 역사 속에
우리 선조들이 지켜 온
홀로 강인한 섬 하나

작은 외딴섬 홀로 남아
아득히 멀리
파도치는 소리와
들려오는
끼룩끼룩 갈매기
괭이갈매기들의 쉼터

우산국에 복속된 동도와 서도
독도 분쟁 역사 속에
일본에서 다케시마 죽도라고
지칭하네

독도를 지켜 낸
조선 어부 안용복 선생의

충혼의 덕을 기리며
독도는 작지만
강인한 외딴 보물섬
대한민국의 영토라네.

설악계곡

비 온 후 겨울 하늘은
설악을 비추네
산새는 어디로 날아가는가?
계곡 물소리는 노래하듯 하고,
설악 울산바위는
병풍을 펼쳐놓았으니
산새들의 둥지라네.

제 4 부

바람의 언덕

마늘

한 알 한 알
거친 껍질 안에
튼실한 하얀 미소
작은 고추가 맵다고
식탁 위의 감초라네.

고드름

처마 끝에

형제들 나란히

어깨동무하며

꽁꽁 언 눈물방울

겨울의 노고 담은

세월의 기둥

바람의 언덕

삶의 소망을 바람에 실어

보내니

무지개*가 떴다

삶의 언덕* 위에 서서

바람*이 불어오는 날

비눗방울 부는

어린아이처럼

노래를 부르며

또, 시가 아닌 시를 쓴다.

* 무지개-苦盡甘來(고진감래) : 고생 끝에 樂(낙)이 있다. 하나님의 약속, 선물, (노아 홍수때 보여주신 언약)
* 언덕 : 삶의 고비, 생활터전, 일상
* 바람 : 바램, 소망 (불어오는 시원한 바람)

호빵

단팥 앙금 품은
야채 고기 품은
포실 포실한
하얀 호빵

추운 겨울날
꽁꽁 얼었던
두 손에
김이 모락모락
호빵을 함뿍 담는다

겨울마다
좁은 골목길
작은 슈퍼 앞
호빵 찜기 통 안에
익어가던
호빵 풍경은 사라졌지만,

호빵의 정겨움은

변함이 없네.

새벽 기도

아직 흘릴 수 있는
눈물이 남아 있다는 건
마음속 울림의 종
주님의 음성에
귀 기울일 수 있는 시간

고요히
잠잠히
긴 적막과
미명을 깨운다

하루 승리의 원천의 힘
주님과 나와 만남의
새벽 기도 시간.

겨울 석양

붉은 노을빛
서산에 물들이니
빈 나뭇가지에도
붉은 잎새 걸리었네

찬바람에 흔들리는
나뭇가지에
붉은 잎새 떨어지니
어느덧
뉘엿뉘엿
서산이 삼키었네

밝은 저녁달 맞이하니
총총한 별들
어두운 밤하늘에
수 놓았네.

한글날

— 가나다라 14행시

가나다라마바사아자차카타파하

나라의 모국어 문자가 없기에 세종대왕이

다짐하며 창제한 대한민국 한글 훈민정음

라디오에서 나오는 음악을 따라 부르며

마중물(세상과의 소통의 통로)인 훈민정음 한글로

바위 같은 곧은 의지로

사사로움 없이

아름다운 한글 서예 작품을 하네

자연과 더불어

차를 마시네

카메라로 작품 사진을 한 컷 담아

타향, 타국까지 널리 문화예술 교류하네

파자 놀이하던 어려운 한문보다 한글이 더 유용하네

하늘이 유난히 더 높고 맑은 가을날,

— 훈민정음 한글날에 세종대왕의 업적의 덕을 기리고 축하하면서.

손바느질

— 리폼(Reform)

손바느질로 리폼(Reform)을
새롭게 재탄생한
천필통
동전지갑
팔토시

못 입게 된
티셔츠 한 장은
새 생명을
이식 해 주듯
재탄생 한다

내 손끝으로
맞이한
새로운 일상의 선물.

시댁 김장하는 날

— 김장 풍경

수북하게 쌓인 배추절임 산
큰 다라 통마다
양념 굴 무채 담긴 통에
절임 배추들이 하나씩 빨간색 옷을 입는다

마당 한가운데 모닥불 피운 불꽃 연기에
한파는 멀리 줄행랑치고
시아버님, 시어머님, 형님의 오순도순 쌓인 이야기들은
모닥불 사이로 익어간다

싱싱한 배추절임
김장김치로 새 단장 하여
김치가 익어가는 어느 겨울날

한 해 동안의 묵은지 같은
일상이야기들도
김장김치 속 새 양념에
굴 무채 겉절이에 새로 입힌 햇고춧가루

일상다반사 양념 한가득

또 하나의 밥도둑
김장김치는
평범하지 않은 평범한 감초라네

김장김치는 팔방미인
김장하는 날
풍경이 된 소확행* 매력

새 김장김치를 얹은 편육 별미에
함박미소가 절로 절로

시댁 김장 풍경은
작은 모닥불에 익어가는 이야기꽃
모락모락

* 소확행 : 소소하고 확실한 작은 행복(Happy)

파랑새

행복을 찾아 떠났던
치르치르와 미치르처럼

내 안의 파랑새는
둥지를 떠나
어디를 유린했는가?!

행복을 노래하며
돌아온
파 · 랑 · 새

바로 내 안에
바로 내 옆에
다시 둥지로….

포장된 도시

고가도로 위
포장된 아스팔트
층층이 고층 아파트와 빌딩은
도시의 나무숲
외국어가 즐비한 건물 간판들
주간에 한산하던 거리가
밤은 낮처럼 밝은
화려한 네온사인 야경에
치맥*은
축제의 밤참거리
밤하늘은
불꽃놀이 축제 같은
별 밤
도시의 별들이
집집마다
지붕 위에 내린다.

* 치맥 : 치킨과 맥주의 합성 신조어.

낭만도시 춘천

1.

봉의산의 푸르른 기세에
동예 삭주의 명맥 이어받은
맑은 의암호에 둘러싸인
일상의 터전

근면, 성실, 청렴, 사랑
배움 담은
평생 춘천 시민의 일생의 요람

아! 아!
고요한 미명 깨우는
소양강 구봉산 일출로
하루를 내딛는
근면한 일상 속으로!

2.

소양강 맑은 물 위

스카이라운지에 반짝이는
불빛 야경에
구봉산에서 바라본
춘천 풍경은
도심 한가운데
봉의산 중심으로
알 품은 새 둥지 같다오

닭갈비와 막국수의
풍성한 민심은
시내 골목마다
정감이 깃든
하나님의 도성
효자, 효녀 많은 춘천이라네

아! 아!
낭만 가득 로맨틱 춘천!
가족, 나라, 이웃 사랑으로

이어지는

춘천 기차를 타고

시 향기, 문화 예술 가득한

춘천의 낭만 속으로….

조각공원에서

사붓사붓*
우두커니 서 있는
희로애락 표정들

어린 아이같은
모델 조각상들이
사부작사부작*

사진 한 장 한 장에
해맑은 어깨동무를

* 사붓사붓 : 조용조용히 사뿐히 소리 나지 않을 정도로 걷는 모양새.
* 사부작 : 별로 힘들이지 않고 가볍게 다니는 모양.

신작로

새로 아스팔트가 포장된
신작로에는

씽씽 달리던 차들도
쌩쌩 찬바람 일으키던
대형차들도
모두 거북이가 된다

줄줄이 잇던
소형차부터 대형버스까지
마을 신작로
아스팔트에는
대형 화물차들도
엉금엉금

신작로의 아스팔트
포장도로는
도시의 젊은

열기로 가득한

아스팔트 아지랑이

나뭇잎 별

나뭇잎 속에
바다가 있다

넘실넘실
파도 소리와
조개잡이 아낙네의
이야기들
그리고
너울너울
나뭇잎 하나가
바람결에 춤을 춘다

나뭇잎 속에
하늘이 있고
햇살담은 꽃이 있고
B-612 혹성에서 온
어린왕자도 있다

별에서 온 어린왕자는
바오밥나무의
떨어진 나뭇잎을
쓸어 담아
지구별 밖 우주에 뿌렸다

별이 된 나뭇잎들은
우주의 반짝이는
등대가 되었다.

지구별 여행

삶은 여행
목적 없이 떠나는
나그네길과 같이

저마다 유유히
나 홀로 섬이 된다
자기만의 행성이 되어
여행길에서 무거웠던 짐을
풀어 놓는다

짐 안에는
내려놓지 못한
무거운 또 다른 자아
홀홀단신으로
비워내고 비워 낸
미니멀리스트라고 자칭하면서

또 채워지는 마음

짐이 아닌

꿈과 열정만 고이 접어

종이비행기로 날려 보내리다.

손뜨개

한 올 한 올
가는 실마다
기도하는 꿈을 실어
대바늘에 겹겹이
고운 마음 짓는다

한 겹 한 겹
쌓여가는 시간을 엮어
빚음 손길에
꽃이 되고
별이 되는
포실포실한 작품이 된다.

秋曉(추효)

— 가을 새벽

가을 새벽바람
찬 기운이 옷깃에 서리고
부지런한
귀뚜라미 노래 향연은
또르르 또르르
미명을 깨우네.

마흔의 배

— 불혹의 돛단배

퐂대를 향한
인생의 마라토너 주인공
불혹의 이름이 어울리는 나이

미혹에 흔들리지 않는
돛단배에 실어
제2의 20대 청춘이여!
등경*이여!

미명을 깨우는
장작불을 태워
밝아오는
등불이어라.

* 등경 : 나무 등불 걸이.

날개

구름배에 탄 태양은
바람 날개에 실려
휘영청
노를 저어가고

하늘거리는
햇살에
바람 날개는
뱃사공이 된다.

| Epilogue

삶이 시가 되고
시가 삶이 되는

인생은 작품이다.

—「작품」 중에서

범사에
하나님의 은혜에 감사하면서….

2020. 06. 20.

소금북 시인선 07

바람 무지개

초판 1쇄 인쇄 2020년 07월 05일
초판 1쇄 발행 2020년 07월 10일
지은이 안혜영
펴낸이 박옥실
펴낸곳 소금북
디자인 유재미 정지은

출판등록 2015년 3월 23일 제447호
발행처 강원도 춘천시 행촌로 11, 109-502 (우-24454)
편집실 서울시 중구 퇴계로50길 43-7 (우-04618)
전화 (070)7535-5084, 휴대폰 010-9263-5084
전자주소 sogeumbook@hanmail.net
ISBN 979-11-968400-2-0 03810

값 10,000원

* 이 책의 국립중앙도서관 출판도서목록(CIP)은 서지정보유통지원시스템 홈페이지(http://seoji.nl.go.kr)와 국가자료공동목록시스템에서 이용하실 수 있습니다. (CIP제어번호 : CIP2020022690)